衛斯理系列 少年版 31

沉船

U0130659

作者：衛斯理

文字整理：耿啟文

繪畫：鄺志德

衛斯理
親自演繹衛斯理

老少咸宜的新作

　　寫了幾十年的小說，從來沒想過讀者的年齡層，直到出版社提出可以有少年版，才猛然省起，讀者年齡不同，對文字的理解和接受能力，也有所不同，確然可以將少年作特定對象而寫作。然本人年邁力衰，且不是所長，就由出版社籌劃。經蘇惠良老總精心處理，少年版面世。讀畢，大是嘆服，豈止少年，直頭老少咸宜，舊文新生，妙不可言，樂為之序。

倪匡　2018.10.11　香港

白素

白奇偉

衛斯理

彼得摩亞

雲林狄加度

第十一章

我又出海了。

我離開醫院，搬進酒店，只花了三天時間作準備，包括買了一艘性能很不錯的船，然後便**出發**，駛向我曾經去過兩次的那個地點，再次探索。

船到達目的地時，天色已黑，我決定等明早再說。

當晚，海面上十分平靜，月白風清，船身在輕輕搖晃着。我本來想好好地睡上一覺，可總是睡不着，在牀上**翻來覆去**幾小時後，已經是午夜了。我披上外套，來到甲板上，海面開始有霧，而且愈來愈濃。

我已算準了正確的位置，那艘沉船應該就在我現時位置五十米範圍內的海底。

　　我期望明天日出霧散後，帶着攝影機下水，將那個在沉船中的人拍下來。

　　由於心情緊張，所以我一點睡意也沒有，就在這個時候，附近海面突然傳來一陣「**啪啪**」的聲響。

　　我登時緊張起來，這種聲響，一聽就可以辨別出，是海面上有什麼東西在移動，與海水撞擊所產生的。

　　我細心傾聽，那聲音的來源離我不會很遠，可是霧太濃，我無法看到任何東西，向前望去，只是**白茫茫**一片。

　　那聲音持續着，沒有停止，而且不只前面，在左面和右面也有同樣的聲音傳來。使我特別緊張的是，這種聲音，我已不是第一次聽到了！

　　當日在「**毛里人號**」上，摩亞船長就曾經將我和麥爾倫兩人搖醒，叫我們細聽，那時海面上的霧和現在一樣濃，只不過，那一次的聲響聽來較遠，而這次的聲響卻來得十分近。

我慌張地朝三個有聲響傳來的方向看去，不由自主地叫了起來：

「什麼人？」

我聲嘶力竭地叫着，叫了七八遍，那種水聲竟繼續 **逼近**，忽然之間，我看到東西了！

那是一艘古老的帆船，正以相當高的速度向我的船撞過來！

那真是 **突如其來** 的意外，當帆船突然衝過濃霧，出現在我面前的時候，距離我的船只不過三十米左右，我一時間目瞪口呆。

我看到了那艘船的前半截，和它高大的桅。同時，船頭上有人發出可怕的笑聲，那人半伏在一堆纜繩之上，**張大了口** ，向我笑着。

我認出他，他就是那個在沉船的船艙中，拿着鐵鎚向我 **襲擊** 的人！

我 **跟蹌** 後退之際，又看到一左一右，另外兩艘同樣的船在駛過來，船首有着一樣的船徽——摩亞船長給我看過，屬於 **狄加度家族** 的徽飾！

這是三艘鬼船！

現在我完全相信摩亞船長的話了。

摩亞船長的船，當初就是為了 **逃避** 這三艘鬼船的撞擊，而改變航道，最終造成了沉船的慘劇。摩亞船長向我說起這段經歷時，我心裏還不大相信，但如今，我卻親眼見到這三艘鬼船了。

而我的處境比 **摩亞船長** 當日所遇到的更糟糕，他當時一看到鬼船，還可以立即下令改變航道去避開，但現在我 **來不及** 這樣做，因為它們實在已經逼得太近了！

三艘船一起向我的船撞來,我看得十分清楚,那是三艘五桅大船,我還聽到在迎面而來的那艘船上,發出淒厲的怪笑聲。

這時候,我的身體因為過度,一動也不能動,眼看着那三艘船的船頭,衝起浪花,向我的船撞來!

我心裏在想,這三艘是鬼船,雖然看得到,但實際上像影子一樣,不可

能傷害到我的，就如人們所理解的鬼魂那樣，**觸摸**不到，會穿透任何東西，我這樣安慰着自己。

不過，我錯了。

當那三艘鬼船離我非常近的時候，一切動作突然之間好像慢了下來，猶如電影裏的**慢鏡頭**般，船頭所激起的浪花，像花朵一樣美麗，慢慢地揚起、散開、落下。

濺起的浪花已經落在我這船的**甲板**上，三艘鬼船絲毫沒有停下來的意思，直衝過來，船上的徽飾如同三面**盾牌**，好像要將我活生生夾死。

我所期望的「穿透而過」並沒有發生，相反地，我聽到一陣「軋軋」的聲響，我的船像是被夾在三塊岩石中的雞蛋一樣，瞬間**碎裂**，我只來得及慘叫一聲，就失去了知覺。

　　不知過了多久，我才回復知覺，聽到一陣嗡嗡的語聲，但聽不清那些人在講什麼，我甚至還未睜開眼來，一陣異樣的恐懼就 **震撼** 着我全身，那是難以形容的一種恐懼感，我彷彿又回到了海面上，在 **黑夜** 的濃霧中，那三艘鬼船向我撞過來。

　　我彷彿又看到了那三個船徽，那個怪笑着的人，我感到害怕，極度的害怕，我要躲起來，立即躲起來！

　　我還感覺到，有人在推我的肩頭，使我立時尖叫，睜開了 **眼** 。我看到面前有許多人，但我根本認不清那些是什麼人，只覺眼前異樣的明亮，而我討厭明亮，此刻我需要黑暗，黑暗可以供我 **躲藏** ！

　　我一面尖叫着，一面用力推開在我面前的人，然後一躍而起，向前衝去，好像撞到了許多東西，也聽到不少人的呼叫聲，直至我撞在一個無法被推動的硬物上。

我仍然找不到

黑暗，可是我需

要黑暗，我本能地用

雙手遮住了眼，那樣我總算

又獲得了暫時的黑

暗，但我仍然尖

叫着，一面亂奔

亂撞。

　　我感覺到有許多東西在

阻礙我，像是那三個船徽中的

怪物已復活了一樣，正用

牠們長長的、滑膩的、長滿了吸盤的觸

鬚，在纏着我的身體。

我只知道，我要拚命地掙扎，用盡我的每一分力量，擺脫牠們的糾纏，不能任由牠們將我拉到海底去，我無法在海水中生存，我是一個陸地上的人，而牠們卻是海裏的怪物！

我尖叫着、掙扎着，雙手緊掩着眼，直到突然之間，我又不省人事，昏了過去。

17

第十二章

白素的日記

　　我後來透過白素的日記，才知道自己在這段期間所發生的事。

　　以下內容，我將會插上白素的日記，每一段代表一天。自然，在日記中的第一人稱「我」，是白素。

———〈◇ ◆ ◇〉◆ ◇〉———

　　他醒了！

　　我呆呆地看着他，心中想哭，真的想哭，可是，卻一點眼淚也流不出來，我悲痛得連身體也無法正常運作。

　　他曾遭遇過各種各樣的打擊，但我從未想過，他竟會發瘋。

　　我看到他時，已經是他進瘋人院後的第三天了。

　　據説，是一艘舊式貨船在大西洋海面上發現他的，當時他抱着一大塊木板，在海上漂流，昏迷不醒。船員將他救起，但是他醒來尖叫着襲擊船員，船員合力將他綁起來，還打昏過去，送進了瘋人院。

　　沒有人知道他在海上遭遇了什麼，使他瘋得那麼厲害，醫生説完全沒有希望了，但是我不相信，他會有希望的，雖然他根本不認得我，連妻子都不認得。

——〈◇ ◆ 〈◇〉 ◆ ◇〉——

他仍然是那樣子，我真不忍心再去看他了，只在門上的小窗中**窺視**他，因為他見到了任何人，甚至見到我，都一樣恐懼。

他為什麼害怕？他在怕什麼？

我看到他進食，他根本不像是一個人，一手遮着眼，一手胡亂抓着**食物**往口中塞，天啊，為什麼這種事會發生，發生在我丈夫的身上，為什麼？

———— ‹ ◇ ◆ ◇ ❯ ◆ ◇ › ————

今天，我才第一次痛哭。

流眼淚是因為見到了 **摩亞先生**，在他安慰我，要我勇敢一點面對時湧出來的。好幾天欲哭無淚，而當眼淚一旦湧出來，就再也收不住了。

我知道衛曾和一個姓摩亞的紐西蘭船長見過面，這位摩亞先生，是摩亞船長的父親，他告訴我不少事情，全是令人 **難以置信** 的。

然而，我卻知道摩亞先生的話是真的，他說他兒子的情形，就和我丈夫目前的情形一樣，在海底遇到恐怖的事，令他們發瘋，更有一位極著名的 **潛水專家** 因此自殺。

雖然難以置信，但我無法不接受事實，他的確瘋了，**醫生** 說是因為過度的恐懼和刺激所導致。而摩亞先

生則說事情與鬼船，及一個在水中生活的人有關，衛曾表示，在海底的一艘  **沉船** 中，見過那個人。

我不知怎辦，誰能幫我？誰能幫我？

───〈◇ ◆ 《◇》 ◆ ◇〉───

摩亞先生每天都來看我，他很關心衛。衛的情況一點也沒有好轉，我哭了又哭。

或許我不應哭，該做些什麼，至少要保持鎮定，衛的一生中，曾遇過不少 **驚險 絕倫** 的事，每次都能逢凶化吉，這次也不會例外，對嗎？

但我不能 **坐以待斃** ，所以我想到，是不是該去那地方看看？

───〈◇ ◆ 《◇》 ◆ ◇〉───

我向摩亞先生提出了自己昨天的想法，摩亞先生是一個直率的人，一聽了就把我當作 **晚輩** 一樣斥責了一頓，

叫我放棄這種只會使事情更壞的念頭。

　　我並沒有反駁他，因為我和他對事情的看法不同。在他看來，事情還能更壞，但是在我看來，事情卻不能再壞了！

　　遠在印度建造水壩的 **哥哥**，也聞訊趕來了。他說衛可能會認得他，我忍着淚帶他去見衛。衛見到他，全身發

着抖，額上的**青筋**幾乎要裂膚而出，我連忙將哥哥拖了出來，把事情的經過講給他聽。

我本來是不想對他説那些事的，因為我知道哥哥的脾氣，他不知道還好，知道了之後，根本不作考慮，一定會去 **探索** 那三艘鬼船。

果然，我才講了一半，他就嚷叫起來，等我講完了，他表示一定要去。

　　我已經決定要去了，哥哥或許還不知道我的決定，我也沒有對他說。但我卻勸他不要去，因為那實在是一件太**危險**的事情，後果完全不可測，連衛也成了瘋子，我實在不相信自己的神經會比他堅強，哥哥的情形也是一樣，我們兩個人若是一起去，最大的可能就是：世界上**多了兩個瘋子！**

　　但是，我已經將事情告訴了哥哥，他打定主意後，就沒有人能阻止他。我做錯了，還是做對了？

　　摩亞先生又嚴厲地申斥我，還有我的哥哥，哥哥罵他是懦夫，他回罵哥哥是只知衝動的匹夫，摩亞先生在我的印象中是一個彬彬有禮的**紳士**，想不到他也會變得如此激動。

他自然是因為關心我們，所以才會那樣，可是我已經決定了，哥哥也決定了，我到現在才發現，原來我們兄妹兩人的**脾氣**竟是那麼相似，任何事情一經決定，就再難改變了！

———— ‹ ◇ ◆ ‹ ◇ › ◆ ◇ › ————

今天我和哥哥已開始着手準備一切，但是我們所需要的資料，例如摩亞船長第一次發現鬼船的地點，「毛里人號」停泊的**準確方位**等等，無法在衛的口中問到，只有摩亞先生能提供給我們。

但摩亞先生堅決拒絕我們的要求，他的話説得很明白，他絕不能又讓兩個人去「**送死**」，尤其這一切全因他的兒子而起。

哥哥又和他吵了起來，哥哥的脾氣實在太暴躁了，但也難怪他發怒的，因為眼前就只有這條  可以救衛，就像當日衛想用這個辦法去救摩亞船長一樣。

而哥哥還有更驚人的想法，他偷偷對我説，想帶衛一起去，讓衛重臨那片 **大海** ，或許可以刺激他復原。雖然想法很瘋狂，但我也認為值得一試。

———〈 ◇ ◆ ◇ ◆ ◇ 〉———

我們當然沒有將這個計劃告訴其他人，誰會容許我們帶一名情況嚴重的精神病人 **出院** ？

所以我和哥哥偷偷行動，趁着今天醫生剛替衛注射過 **鎮靜劑** 後，等到醫生和護士都離開病房，我和哥哥便換上預先準備好的護士服，假裝成護士，又替衛戴上帽子和 **口罩** ，使人認不出他，然後用輪椅推他出去。

　　但事情一點也不順利，我們很快就被醫生發現了，醫生制止我們，還叫 **保安** 來攔阻。

　　我和哥哥不管那麼多了，橫衝直撞，誓死要帶衛出去。

　　可是，就在混亂間，衛醒過來了，他從 **輪椅** 上跳起，在走廊中亂衝亂撞，整個醫院也沸騰起來。

我和哥哥一起追去，衛已疾奔出了醫院大門，攔阻他的人，全被他擊倒。

哥哥在衛身後拚命追着，終於飛身將他撲倒在地，那時已經走出了 花園 。

當哥哥和他一起倒下去時，任何人都可以聽到那「咚」的一下聲響，那是衛的頭，撞在路面石板上所發出來的聲響。

我正向前奔去，聽到那一下聲響，雙腳一軟，就跌了一交。因為我感到他這一下撞得那麼重，頭骨🕱一定被撞碎了！

29

我跪在地上喘氣，哥哥站了起來，衛倒在地上不動，然後，我看到他慢慢地睜開眼來，他看到了我，竟叫道：

「素！」

天，他認得我了！他在叫我的名字！我一生之中，最快樂、最激動的一刻，就是這一剎那了。

我竟不知回答，只是哭了起來。

第十三章

大規模探索

白素的日記就引到這裏為止。

我看了她的日記，才知道自己在那十幾天中，住在瘋人院裏，是個人見人怕的瘋子，如同摩亞船長當時那樣！

當我清醒過來第一眼👁👁看到白素的時候，我心中還是茫然一片，根本不知道曾發生什麼事。但是我一眼就認出了白素來，她跪在地上，流着淚。我隨即發現，我也倒在地上，許多穿白色衣服的人正跑過來，我不知道那是怎麼一回事，我轉過身，看到白奇偉站在我的面前，他是白素的哥哥，我們已好幾年沒有見面了。

我又叫道：「素！」

白素只是哭着，淚如泉湧。我站了起來，白奇偉扶起了他的妹妹，所有人將我圍住，我望着他們，又望了我自己，再抬頭看了看眼前的建築物和門牌，瞬間就明白了，不禁打了一個寒顫，「我……變成了瘋子？」

白奇偉發出了一下呼叫聲，就向我奔來，拉住我的手臂，將我扶直。

　　他是一個十分壯健的人，我感到他的 手指 緊緊地抓住我的手臂，像是怕我逃走一樣，我喘着氣問他：

「白奇偉，是不是我曾經發瘋，現在突然好了？」

　　白奇偉激動得講不出話來，只是點着頭。

　　我連忙推開他，跑向白素，白素也立時撲過來，緊緊地擁着我，仍不住 流淚，我胸前的白衣服濕了一大片。

我輕拍着白素，「對不起，讓你擔心，現在已經沒事了。」

白素淚流滿面，抬頭望着我，**斷 斷 續 續**地說：「現在，我不是因為難過而流淚，而是高興，太高興了！」

白奇偉也走過來說：「她是最勇敢的女孩子，在你發瘋的時候，勇敢地面對！」

我雖然已經神智回復正常，但對發瘋期間所發生的事一點印象也沒有。這時兩位**醫生**匆匆走過來，一個滿頭銀髮的老醫生說：「謝天謝地，這真是奇蹟，你需要安靜地休息和作詳細檢查！」

我點了點頭，的確感到極度的疲倦，需要休息。

我在這家精神病院中，又休息了**七天**之久。

摩亞先生在我完全清醒後的第二天才走，他走的時

候，緊握住我的手，十分激動，我也很感謝他對我的關懷，他臨走時**千叮萬囑**：「請聽我的話，讓一切過去，千萬別再去冒險，那對你們完全沒有好處！」

我知道他的忠告是發自心底的，摩亞船長不幸死亡的慘痛教訓，在他的心底烙下了一個難以忘記的 **傷痕**，他絕不希望我們之中，再有人發生悲劇。

但我不置可否，只是含糊地說了幾句不相干的話，他嘆了一口氣就走了。

一星期後，我離開了精神病院，白奇偉已在近海的地方，租下了一幢美麗又幽靜的**房子**。

我了解白奇偉這個人，一旦決定要做某件事，必定**大張旗鼓**，弄得愈大愈好。

他的做法很驚人，先在一個專門報道神秘事件的國際網站，發布這件事情的始末，然後公開徵求志願探險者。

與我們一起尋找！

JOIN NOW

在水中生活了幾百年的人

READ MORE

出沒無常的鬼船

READ MORE

他那篇文章發表後，電話和 電郵 如雪片般飛來。他租的那幢房子，本來極其幽靜，可是不到一個月，人從四面八方湧來，每一個房間，連地板上都睡滿了人，甚至要在房子周邊搭起許多 臨時帳幕 來。

白奇偉挑選探險隊員的要求十分嚴格，而且生意頭腦無人可及，志願者除了身懷各種專門技能之外，許多還是自願支付這次探險的費用，或者能提供船隻、直升機，以及各種器材。白奇偉利用了人的 好奇心 ，只不過花了一個半月的時間，就組成了一支設備齊全、人才鼎盛的探險隊。

這支探險隊在出發時 浩浩蕩蕩 ，十分壯觀，我和白素自然隨行。

要詳細描述這支探險隊的成員，以及出海後發生的種種事情，那是不可能的，因為人實在太多了。但這支

探險隊員們 在工作了二十天之後，得到的結果只有兩個字——失望。

其實從探險第十天開始，隊員已陸續自行離去，到第十五天，剩下的還不到二分之一，到第十八天，就只剩下三個人了，那就是我、白奇偉和白素。而我們的設備，也只剩下一條船而已。

所有人陸續離去的原因，是探索行動一直毫無發現。

在那二十天裏，也有好幾天是 **大霧迷漫** 的，很多人都犧牲睡眠，在大霧之中等待「鬼船」出現。然而除了霧之外，什麼也沒有，也聽不到任何聲響。

每一個隊員，包括我，也多次潛水下海，但海底平靜得出奇，除了海底應有的東西之外，什麼也沒有，細沙上沒有沉船，更不用説那個揮舞鐵鏈的海底 **怪人** 了。

不過，地點是對的，我可以辨認出附近的岩石來，只是 **那艘船** 卻不見了。

到了只剩下我們三人的時候，我和白奇偉還是不死心，又下了幾次水，但依然沒有任何發現。最後我們也只能 **嘆氣** ，沒有再説什麼，就啟程回去。

白奇偉回印度去，我和白素一起 **回家** 。

又過了幾個月，我當然沒有忘記那些經歷，但是我已經很少對人説，而向我提起的人也幾乎沒有了。

如果不是那天晚上，我參加了那個宴會的話，那麼，這些經歷就可能和世界上其他許多古怪而不可思議的事情一樣 **不了了之**。

那宴會是在一個英國朋友的家中舉行的，參加的人大約有二十個，全是外交人員，或是外國的商務代表。我之所以會參加這個宴會，是因為在會後有一項節目，請嘉賓發表關於「外來人」的問題。所謂「**外來人**」，是指地球以外，其他星球的人來到地球的問題。我獲邀請為 **主要發言人**，解答各種問題。

宴會也沒有什麼可以描寫的，每一個人都彬彬有禮。

等到最後一個節目在愉快的氣氛中結束，大家告辭的時候，一名個子很高，有着一頭 **黑髮**、兩道濃眉和一雙明亮眼睛的年輕人，急步來到門口對我說：「衛先生，我想對你說幾句話。」

　　當時我很尷尬，雖然宴會主人曾介紹過所有的來賓，

但我無法記得他們每一個人的名字，我只好說：「你好，

閣下有什麼指教？」

　　那年輕人諒解地笑了笑，「我叫雲林，雲林狄加度，

從西班牙來。」

在他未説出「**從西班牙來**」之前，我對他這個名字還起不了絲毫印象。可是一聽到他來自西班牙之後，「**狄加度**」這個姓氏卻像針一樣，在我心中刺了一下，一時之間，我張大了口，一句話也説不出來。

第十四章

家族秘密

那位雲林狄加度先生説他早就想找我談一件事，但不知道該如何 **開口**，直到今天難得遇上了，才鼓起勇氣要對我説一説。

我隨即問他：「你想對我説的，是關於我在大西洋的那段經歷？」

狄加度點了點頭，「是的，衛先生，我詳細讀過網站上白先生所寫的那篇文章，提及你和

一位摩亞船長，都曾見到過鬼船，有着狄加度家族的徽飾。而我，就是這個古老家族的唯一 **傳人**。」

我們一面説，一面向前走着，已經來到了我的車旁，我説：「在我家中，有一點點關於你們狄加度家族的資料，你可有興趣去看一看？」

狄加度搖着頭，「對於 **狄加度家族** 的事，世界上沒有人比我更清楚了，我倒想請你到我的住所去，我有一點東西給你看。」

我的好奇心馬上又 **燃燒** 了起來，在研究狄加度家族的歷史時，我心中一直有個疑問，這個曾在西班牙航海史上 **烜赫一時** 的航海世家，為何會突然在歷史上被抹殺，只有極小量的歷史書籍提到過一兩次，而且全都含糊其

詞，沒有說清楚狄加度家族衰敗的前因後果。

為了解開種種關於狄加度家族的 **謎團**，我馬上就答應了他的邀請，開車跟着他的車子，到他的家去。

二十分鐘後，車駛進了一條十分幽靜的道路，在一幢小巧精緻的房子前停了下來，我們下了車，狄加度用 **鑰匙** 打開了門，「我一個人住，為了一個文化交流計劃而來，快回國了。」

我跟他一起走進去，雖然這房子只是他暫住的地方，但是也佈置得十分精緻，他帶我到 **書房**，打開了一個櫃子，說：「有一些東西，我不論到何處去，總會帶在身邊，因為這是我們家族唯一保存的紀錄了。我們的家族曾有着輝煌的 **作戰紀錄**，可是後來被視為國家的叛徒，蒙受着極大的恥辱，歷史上已將這個家族的一切抹去了！」

我點頭道：「是的，我在查考有關狄加度家族的歷史時，幾乎找不到任何資料。」

狄加度從櫃子裏取出一個箱子和一大串鑰匙來，箱子看上去年代非常久遠，所用的鎖和鑰匙都相當古老。

狄加度用其中一根鑰匙打開了箱子，內裏是一疊紙，他拿起一張來，「你看看這座 古堡。」

那座古堡是用炭筆繪在羊皮紙上的，紙已經發黃了，還有不少地方破損。我看到那古堡屹立在一個懸崖上，懸崖下面是海，畫得十分傳神，透出一股 陰森 的氣氛。

狄加度小心地將紙撫平，説：「這座 **古堡**，是狄加度家族全盛時期建造的。」

「古堡如今還在麼？」我問。

狄加度點了點頭，「**還在！**」

他又伸手拍着那串古老鑰匙，「這就是古堡中的鑰匙，全用來打開古堡的各個部分，而這座古堡，現在是我的產業。」

我向他望了一眼，他立時苦笑道：「你不要以為我擁有一座古堡，就很富有，事實上，如果不是基於我對家族的感情，我早就放棄它了。你知道，維護一座古堡所需的費用，足以使我 **破產**。所以，自從它的主人突然不回來之後，根本就沒有人進過這座古堡，只是讓它 **鎖**着。」

「你也沒進去過？」

「我進去過一次，但只打開了大門，就退了出來，因為裏面實在已 **殘破** 得令人不想逗留。」

我又問：「那麼，你現在讓我看這幅畫，有什麼用意？」

狄加度又取出三張 **羊皮紙** 來，一攤開，上面各畫了一艘船。

我一看到那三艘船，心頭便狂跳起來，因為它們正是那個濃霧之夜，一起夾擊我，把我撞成瘋子的那三艘鬼船！

狄加度看到我呼吸異常急促，便說：「衛先生，我相信你看到的，**就是這三艘船**。」

我大力吸着氣，指住其中一艘船，「這艘，在海底，我曾經進入船艙裏，看過那個——」

狄加度看過我那段經歷，我不必講下去，他已經點着頭說：「這三艘船，是當時最好的三艘船，是我的一位祖先親自監造的，他的名字是 **維司狄加度**。」

我深深地吸了一口氣。

狄加度繼續說：「我這位祖先是一個怪異至極的人，當船隻造好了，他就 **帶船出海**，但從此之後，便再沒回來過。自他開始，我們家族就被視為國家的叛徒，表面上的 **罪狀**，是他欺騙了王室，帶走了王室的許多珍寶，但我相信另有原因。」

說到這裏，狄加度又從箱中取出一張紙來，沒有立時

打開，先給我 **心理準備**：「這是一幅畫像，畫中人就是我那怪異的祖先，維司狄加度將軍。」

他講到這裏，才展開了那張紙。

　　而當我一看到紙上所畫的那個人時，不禁發出了一下驚呼聲，而且還感到一陣昏眩，身子搖搖欲倒，狄加度連忙扶住了我。

　　那個維司狄加度，就是我在海底見過，那個揮動着襲擊我的人，也就是當三艘船一起在濃霧中向我撞來，在其中一艘船的船頭上，發出淒厲笑聲的那個人！

　　「是你在沉船中見到的那個？」狄加度問。

我竭力使自己鎮定下來，「是的，就是他！」

狄加度在我對面坐了下來，「你是說，你見過他的幽靈！」

我呆了一呆，苦笑了一下，「不是幽靈，我確確實實見過他，還和他在水中搏鬥過！」

狄加度吸了一口氣，「他是在幾百年前出生的。」

「不論他什麼時候出生，我的確見過他，他用鐵鎚襲擊我，幾乎將我打死，後來，他又指揮着三艘船來撞我，將我的船撞沉，令我發瘋！」我愈說愈激動。

狄加度將物品放回箱子去，又合上箱蓋，等我鎮定了一些，才說：「在我家族的記載中，曾說明那位祖先是一個脾氣十分暴烈的人。而且，他曾親手打死過船員。」

我的情緒又緊張起來，狄加度連忙說：「真對不起，令你的情緒如此激動，不過，我還是有一個提議。」

「什麼提議？」

狄加度吸了一口氣，說：「有一個時期，他**獨自**一個人住在那古堡中，不許任何人接近，也不要任何人侍候。我猜想，他在那時候，一定是在古堡裏從事什麼秘密工作，雖然後來的人說他**密謀叛變**，但我相信不是！」

「那麼你認為他在幹什麼？」我問。

狄加度攤開了手，「不知道，所以我提議──」

他講到這裏，我已經大概猜到了，隨即打斷了他的話：「等一等，你說，自從他出海未歸之後，再沒有人進過**古堡**？」

狄加度點着頭，「除了我那一次，開門進去，很快又退了出來。」

「那就是説，**在幾百年以後**，那古堡還保持着原來的狀況？」

「可以這麼説。」

我深深吸了一口氣，「我明白了，你想進去古堡探索一下，看看有沒有什麼 ◯**線索** 留下來，可以知道他曾在古堡中做過什麼！」

狄加度顯得很興奮，「對，我打算請你一起去！」

我站起來，但立時又坐下，考慮了一會，才說：「狄加度先生，在這件事中，已先後有幾個人遭到不幸，我自己若不是有着百分之一百的**運氣**，如今還在瘋人院裏呢！你有什麼特別的原因，非要探究這件事不可？」

狄加度嚴肅地說：「為了弄清我家族的**名譽**，就足夠使我那麼做了！」

　　我望着他片刻，他又說：「一星期之後，你不去，我一個人也要去，你有足夠的時間考慮。」

　　我深吸一口氣，「好，我和你一起去，但是，不必再邀別人了！」

　　狄加度興奮不已，「當然，而且也絕不公開！」

第十五章

答應了狄加度的請求後，我的情緒已鎮定了不少，還請他將箱中的資料再取出來，一起研究。

經過了幾天的研究，我們發現好幾個值得注意的地方。

第一、那三艘船在建造期間，由維司狄加度親自監工，而且極其神秘，除了參加工作的人外，任何人都不能參觀，甚至拒絕了皇帝的特使，這件事引起了一場政治風暴，當時便有人指摘維司狄加度對皇帝不敬，但最後總算平息了下去。

　　第二、在那三艘船建造期間，所有工匠全是分開來工作的，而且 嚴禁 互通消息，有幾個違例的工匠更當場被處死。

　　第三、這三艘船的 建造費用 極其驚人，用當時的幣值來計算，至少可以造三十條同樣的船，也就是說，超出了通常的價值十倍以上。

第四、這三艘船，只有外表形狀留下紀錄來，內部情形如何，別說是現在，就是在當時，也沒有人知道。只有一個木匠事後曾對人說起過，這三艘船的木料，非但是最好的，而且皆經過特殊防腐液處理，不過這木匠沒多久便**失蹤**了。

綜合以上四點看來，當時維司狄加度一定在進行什麼神秘行動，而那三艘船亦隱藏着**不可告人**的重大秘密。

然而，如果說這三艘船直到今天還在海面上航行，隨時**出沒**，那是無法令人相信的，但我確實親眼見過它們，不但見過，而且它們還撞垮了我的船！

我甚至在海底，曾進入過其中一艘，那絕不像一條沉沒了幾百年的船！

廢了不少唇舌，我才說服到白素，讓我獨自跟狄加度到西班牙去。到達西班牙後，我和狄加度輪流駕駛汽車，花了將近四十小時，到達那座古堡之際，正值中午時分，陽光普照。

站在那座古堡前，可以看到 **懸崖** 下的大海，海水拍在岩石上，發出空洞的聲響和濺起老高的水花，當年之所以選擇這樣的一個地方來建造古堡，我想和維司狄加度對海洋充滿 **狂熱** 是有關係的。

那座古堡比我想像中更殘舊，外牆爬滿了藤蔓，而且還有一半是枯黃的，看起來就像童話中 **巫婆** 所居住的地方一樣。

狄加度也唱嘆道：「比我上次來的時候，又舊得多了，我上次來了之後，曾想召工匠來修葺的。」

我們一起來到了鐵門前，鐵門上有着巨大的狄加度家族徽飾，但是金屬已經 **鏽蝕不堪**，鐵門的鐵枝更是鏽蝕得厲害，用手指隨便一碰，也會有一大片鐵鏽掉落下來。

鐵門上有着巨大的 **鎖孔**，狄加度將一柄鑰匙塞進去，根本無法轉動，他苦笑了一下，用力一推，就推斷了幾根鐵枝，我也用力扳着，不一會，整扇鐵門就倒了下來。

我們回到車中，開車駛過鐵門，鐵門內是一片很大的 **空地**。

空地上還有許多殘破的石像和一個早已乾了、全是枯葉的池，池中心是一座石頭刻成的海怪像，自然也是 **殘破不堪**。

　　車子停在古堡的大門前，我們下了車，走向大門，狄加度用力推了推門，立時後退，一大陣 **塵屑** 便落了下來。

　　等到塵屑落定後，我們再來到大門前，狄加度在那一大串鑰匙中，撿起其中一柄，插進鎖孔去，用力一扭，門鎖居然沒有壞，「格」的一聲解鎖了，但狄加度突然十分認真地說：「**準備！**」

　　一時之間，我還不知道他叫我「準備」是什麼意思，只見他一手遮着頭，一手推開了門。而大門才「格吱」一聲打開了少許，一陣極難聞的氣味就 **撲鼻而來**，使我和狄加度都不由自主地後退了一步。

　　狄加度一腳踢在木門上，門又被踢開了一些，那時我看到了極其可怖的奇景！

數以千計的 蝙蝠 受到突如其來的光線所刺激，四處亂飛亂撲起來！

我一見這情形，就大吃一驚，立即說：「不能進去，

裏面 蝙蝠 太多了！」

狄加度搖着頭，「上次我來的時候，也曾試過想將蝙蝠全驅出來，但無法辦到，所以，我們只好這樣進去了。」

早知道這古堡裏面有那麼多蝙蝠，我就帶備一些預防裝備來，但現在，我們只好脫了外衣，包在頭上，只露出**眼睛**👁👁，慢慢向前走。

我們來到大廳，那裏有六條巨大的石柱，正中央是一具極高大的人像，一隻腳踏在一艘半沉的船上，另一手拿着劍。

這雕像可能是狄加度家族中的一位**英雄**，也有可能正是維司狄加度本人，但已經無法深究，因為雕像身上全是蝙蝠糞，根本無法看清他的**面目**。

人像後方有兩扇門，旁邊有一條樓梯。

狄加度對我說：「上次，我只來到這兒，看看情形不對，又退出去了。」

我打量着四周，「一般來説，大堂後面的房間是主人的書房，我們可以先從那裏開始。」

狄加度同意我的話，我們一起繞過人像，來到那兩扇門前。

由於窗外攀滿了藤蔓，古堡內頗為昏暗，光線很不足。狄加度好不容易找到了對應的鑰匙，把門打開，我和他走了進去，利用手機上的 **閃光燈** 來照明，摸索着前進。

我看到了厚厚的窗簾，於是走過去，想將窗簾拉開來，誰知伸手一碰，整幅 **窗簾** 就掉了下來，罩在我的頭上，大蓬積塵向我的眼耳口鼻一同襲來，嗆得我大力咳嗽。

　　狄加度連忙幫我將窗簾撕開，窗簾已經舊到可以隨手撕破的地步，我仍在咳嗽和喘着氣，狄加度拍着我的背，提醒我：「在塵封了數百年的古堡裏，幾乎每一處都是**陷阱**，我們要小心些。」

　　我苦笑了一下，「確實是，開始工作吧。」

　　窗簾落下，窗中有**光線**透進來，但也只是勉強能辨認物件的程度。

這是一間極巨大的書房，四面全是架子，不過架子上放着的並不是書，而是各種各樣船的 **模型**，我相信它們還是新的時候一定極其精緻，如今則封滿了塵，非常殘舊了。

這些船的模型，少説也有七八十條。而在書房的正中央，有一張巨大的 **書桌**。

我向狄加度招了招手，「先來看看桌上有什麼。」

桌上的積塵實在太厚，我用手拂開了一層塵，看到一枝 **鵝毛筆**。

鵝毛筆是放在一張紙上的，那張紙上有着一行字，字迹還可以看得清楚，寫着：「我是人類之中最偉大的一個人！」

在那行字下面還有一個簽名，狄加度訝異道：「這就是他的 **簽名**，我見過！」

狄加度口中的「他」，自然是指那個維司狄加度，我望着那行字說：「他口氣倒不小，自稱為『**最偉大的人**』。」

狄加度苦笑道：「這是他狂妄性格的表現。」

我拿起那張紙，那是一張相當堅韌的羊皮紙，經歷了數百年還沒有 **破裂**。而我心中在想，一個人要有多大的成就，才會覺得自己是世上最偉大的人？我忽然心頭一震，說：「他或許不是狂妄，如果他真的能在水中生活，並且活到現在，那麼，我也**不得不承認**他是最偉大的人！」

第十六章

我們繼續細看桌面上的東西，發現了一些航海家用的規尺，和一本薄薄的書。可是那本書一拿起來就幾乎碎成了紙片，但從紙片上的內容仍可看出，那是一本當時研究**海洋生物**的書。

我和狄加度又打開了書桌上的所有抽屜，但沒有發現什麼特別的東西，只有幾枚**金幣**，和一些無關緊要的雜物。

　　狄加度把目光移到那許多艘船的模型上。

　　我走過去，隨手拿起其中一艘，才一拿起，船身就斷折了開來。

　　船身斷開後，我才發現那些船的模型製作得非常精緻，連船艙內的間隔和擺設都應有盡有。我不禁失聲道：「狄加度，你來看，這些船做得多麼精緻！」

　　狄加度看了，說：「要是我們能找到那三艘船的模

型，那就好了。」

我們細心地逐艘船觀察着，結果卻是失望，沒發現那三艘船的模型。我們於是退出了書房，走上樓梯。

樓上的 **房間** 很多，每一個房間我們都花上約半小時來察看，直到第六個房間之後，天色已黑，幾乎看不到什麼了。

我們仍然沒有什麼發現，而在天色黑了下來之後，這座古堡顯得分外恐怖，下面大廳的上千隻 **蝙蝠** ，發出一陣陣怪異莫名的聲音。

我提議道：「我們該暫時離開了，我想不到古堡的情形這樣糟糕，明天再來時，必須帶些 **工具** ，才能繼續工作。」

狄加度卻説：「你離開吧，我不走，我要在這裏過夜。」

我很訝異，「**你瘋了**，這座古堡雖然大，但現在的狀況根本不能住人！」

狄加度固執道：「下面書房的那張木椅子還能坐，你不用擔心我。你可以開我的**車**離開，明天再來。」

我勸了他許多遍，他依然不聽，我只好嘆了一聲，獨自離開了古堡。

一小時後，我在附近一個小鎮的酒吧裏喝點酒。一名年輕人友善地和我打招呼：「我們這裏是小地方，甚少**外地人**來，你的車子很漂亮，我從來未見過。」

我微笑道：「車子不是我的，是狄加度先生的，他是我的朋友。」

當我說到「**狄加度先生**」時，那年輕人震動了一下，連杯中的酒也抖了出來，而其他人亦露出駭然的神色。

我感到奇怪，「怎麼，有什麼不妥？」

那年輕人勉強地笑着：「沒有什麼，不過你那朋友的 **姓氏**，和離這裏不遠一座古堡的家族相同。」

我點頭道：「是的，我整個下午都在狄加度古堡之中，那正是狄加度先生的產業。」

當我說出這兩句話，那年輕人倉皇地往後退，甚至撞倒了一張 **椅子** ，而所有人都以極異樣的眼光望着我。

那年輕人站穩後，急促地叫道：「你在撒謊，沒有人敢去那個古堡，**那古堡中有鬼**，誰去了都會死！」

我笑了一下，「那麼你就錯了，**我去過，沒有死。**而且狄加度先生還在古堡中留宿，我相信他也不會死！」

所有的人都不出聲，有一個老婦人雙手**合十**，喃喃禱告起來，不過我一點也不覺得奇怪，凡是古屋，總有鬼的傳說，如果不是當地人堅信那裏有鬼的話，那麼古堡早已被人破壞，決不會幾百年來沒有人進去過。

我不想破壞當地人在酒吧尋找歡樂的氣氛，於是結帳離去，回到一家小酒店，**睡**得十分好。第二天一早醒來，買了一些應用的東西，我便駕着車來到古堡門口，並大叫道：「狄加度，看我替你帶來了什麼食物！」

　　我替他帶來的 食物 相當豐富，可是叫了兩聲，卻得不到他的回答。

　　我走進古堡，來到書房門口，推開了門，看到狄加度正歪着頭，坐在那張椅子上，看來睡得很沉。

　　我走過去搖着他，「你一定 餓 了。」

　　狄加度慢慢地抬起頭來，臉色白得可怕。

　　「你昨天一定睡得不好，我早就勸你別在這裏過夜！」

　　我扶他走出去，來到陽光普照的草地上，又從車中取出熱水瓶，倒出一杯 熱咖啡 給他，他喝完那杯熱咖啡後，臉上總算有了一點活人的面色。

　　「怎麼了？昨晚發生什麼事？」我問。

　　他深深地吸了一口氣，然後搖着頭：「沒有什麼事，我一直留在那書房中。」

「但你的臉色很可怕。」

狄加度苦笑道：「不瞞你說，過了 **午夜** 之後，我就因為自己的幻想，而陷入了極度的恐慌之中，不過你知道，**一個人** 在這樣的一座古堡裏，恐懼也是難免的！」

「你沒有看到什麼？」我問。

狄加度的神情已漸漸回復正常了，他說：「我倒希望能看到些什麼，不過沒有，我只不過被極度的恐懼，弄得 **神智不清**。」

我望着在陽光下滿是藤蔓的那座古堡，「那麼，你還有勇氣繼續搜索嗎？」

狄加度立時回答：「當然！」

我點了點頭，攤開一張 **蓆子**，我們在草地上一起吃着我帶來的食物，才又走進古堡去。

今天和昨天不同，有了我帶來的一些工具，探索起來方便得多。我們打開了所有房間的窗子▦，有不少窗子都是一推就直接鬆脫掉下來的。但察看過所有房間後，卻沒有什麼特別的發現。

最後我們連地窖也看過了，那是一個極大的地窖，內裏藏着酒，也有許多許多的雜物，可就是沒有我們想找到的東西。

當天色漸漸黑下來時，我説：「行了，我們明天再來，到時看得再細緻一點。」

狄加度竟然又説：「你一個人回去，我留在這裏。」

聽到他那麼説，我不禁又好氣又好笑，「今天早上我看到你時，你已半死不活，我不想明天早上要從這裏拖出一條死屍來！」

81

狄加度固執地搖着頭，「不會的！」

他那種固執的態度使我冒火，我知道怎麼勸也沒有用，要麼我任由他留在這裏，但他很可能會變成瘋子；要麼我就得使用 武力，硬拉着他走。

我選擇了後者，「不必多説了，今晚我一定要將你帶走！」

我一面説，一面就抓住他的手臂，**拉**着他離開！

他雖然掙扎着，但力氣沒有我大，當時我們是在地窖中，他不由自主地被我拖走，一面大發脾氣，一面亂**踢**着地窖中的雜物。

我不理會他，將他直拉上去，來到了大廳，他忽然想用腳蹬向那些巨柱，借力向我**反撲**，可是卻在混亂間，他的腳卻蹬中了那尊人像，那尊人像登時「轟」地一聲倒下。

或許這幢古堡已廢棄太久了，石像一倒下，所帶來的**撞擊力**和震動力，使一段樓梯立時塌了下來。緊接着，大廳上面的天花板也唏哩嘩啦地塌下了一大片，上千蝙蝠亂飛亂撲。天花板下塌，自然又影響到二樓的一些房間，乒乒乓乓之聲**不絕於耳**，不斷有東西崩塌下來。眼前這座古堡，轉眼之間竟塌下了一大半，我們四周變成了廢墟一樣！

第十七章

秘道下的白骨

　　我們沒有被石塊砸中，完全是 **運氣** 使然，因為這座古堡已塌下了一大半，而我們僥倖地站在沒有大石壓下來的位置，保住了性命。

　　天花板下塌之際，揚起的 **灰塵** 濃得難以形容，當時我只能緊閉着眼睛，雙臂遮着頭，蹲下身子來。等到崩塌聲停止了，我又睜開眼來時，才發現大門那面牆也倒下了一大片。

雖然剛才的崩塌像經歷 **世界末日** 一樣，但現在靜了下來，情形卻還不壞，因為大部分蝙蝠都飛走了，斜陽的餘暉在斷牆中射進來，反而將黑暗驅除。

我立時去看狄加度，只見他伏在地上，正 **搖晃** 着身子站起來，當看到我的時候，他高興得跳起，撲過來握住了我的手，好像經歷了什麼大災難，只有我們兩人 **生還** 一樣。

我輕拍着他的肩頭，正想說他再不能在這裏留宿時，他卻突然指向我的身後叫道：「看！」

我轉過身去，也不禁呆了一呆。

那尊人像本來是站在一個石座之上的，人像倒了下去，已碎裂成無數**石塊**，但那石座只是被揭去了一小半，我和狄加度都可以清楚看到，石座的中間是空的，中空部分有着一個絞盤，絞盤被鐵纜纏着，而那些鐵纜上全是油，竟未曾**生鏽**！

「這是什麼？」狄加度驚訝地問。

「傻瓜，這還不明白？這古堡一定另有**密室**，絞盤上的鐵纜，就是連接開啟密室的機關，還不快動手！」

我們立即合力握住絞盤上的柄，向下壓去，開始時十分**沉重**，要出盡全力，才能推動那柄，但是當絞盤開始轉動起來後，就比較容易了，而轉動到第二周時，我們已聽到一陣「格格」的聲響。朝**聲音**的方向看去，只見一塊方形的地板漸漸向上翹了起來。

我們兩人都興奮莫名，又用力轉動着 **绞盘** ，直到那塊地板完全豎立起來，我們急忙跑過去，用電筒往下照，發現有一道石級通向下面。

「別對我説明天再來，**我現在就要下去！**」狄加度説完這句話，已經向下走去了。

石級相當狹窄，我無法和他一起下去，只好跟在他的後面，各自亮着電筒。

走下約莫三十餘級石

級，便到了**盡頭**，只剩下一道相當窄的石縫，看來是天然的，直通到很深的深處。

狄加度用電筒照下去，說：「石壁上有許多鐵環，一直延伸到下面去。」

「試試那些鐵環可靠不可靠。」我說。

狄加度於是伸下腳去，我拉住他的手，他將一隻腳伸進**鐵環**之中，用力踏着，鐵環發出「格格」的聲響，並沒有掉下來。

狄加度高興道：「可靠得很！」

我鬆開了手，他便慢慢往下爬，我也跟着他，咬住**電筒**，雙手雙腳沿住一個個鐵環往下爬。

鐵環大約每隔三十厘米左右就有一個，我一面往下爬，一面計算着鐵環的數字，在經過了二百個以上的鐵環時，我不禁驚訝地問：「下面還有多深？」

「看不到，簡直像通到地心去！」

我倆由於咬住了電筒，說話有些含糊，但也足以交談溝通。

「我猜想，這石縫可能會通到懸崖下的海邊。」我說。

狄加度很興奮，「對，我已聞到了海的氣息！」

我也聞到了海的氣息，而且愈往下，鐵環上的鏽愈厲害。過了沒多久，我們終於「着地」，來到了一個相當大的岩洞中！

我們站在一塊大石上，四周有着海水，而海水中又有幾塊極大的**石頭**，都很平整，可以看出是人工鑿成的，而石與石之間有**橋**連接着，不過所有的橋都已經斷了。

除了我們爬下來的那條石縫之外，岩洞看來並沒有其他通往外面的通道，不過既然海水能進來，我相信如果潛入海底，一定可以通到外面去，但會遇上什麼危險，就不知道了。

我們用電筒四處**掃射**，看到岩洞中的一塊大石上，放着一個巨大的鐵箱，足有三米高，五六米長，和近四米寬，表面的鐵鏽已相當厚。

在那大鐵箱旁，還有兩個小鐵箱，放在同一邊，大小和形狀恰似兩口**鐵棺材**。

我心跳加速得很厲害，與狄加度互望了一眼，彼此顯然都有着同樣的想法：我們的探索快要有結果了，我們想找的 **秘密**，一定就在這三口鐵箱之中。

我很佩服狄加度的勇氣，他二話不說就想跳進水裏，游到那塊大石去，可是我立時伸手拉住他，「等等，小心海水裏有 **危險**！」

狄加度猶豫了一下，但立即搖着頭，「我看不會有危險，你看，我們只要游二十多米，就可以到那塊大石上了！」

我俯下身，用手探進海水去，感覺到海水很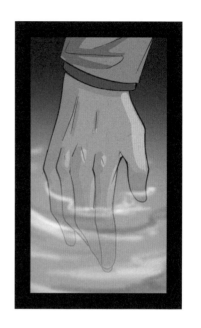冷。但當然，不論海水有多麼冷，以我和狄加度的體質，游上二十多米是絕無問題的。

只不過，我總有一種感覺，在這黝黑的海水中，暗藏着什麼不可測的危機。

我用手掬起海水來，只見海水在掌心中顯得很清澈，可知海水看來黝黑，完全是光線問題而已。

我從身上取出幾張紙，搓成紙團，拋進水中，狄加度一臉不耐煩的神色望着我，我向他瞪了一眼，「像這種岩洞，水中常有看不見的暗渦，你一下水，暗渦就會將你捲到海底去！」

我看到那些紙團在水面上 **漂浮**，並且全向着同一個方向慢慢地漂去，可知看來平靜的海水，的確有暗流存在，只是這種 **緩慢的暗流**，應該不會構成什麼危險。

這時狄加度已經耐不住性子，大聲說：「好了，我看沒有危險！」

他話才出口，人已經跳進了水中，迅速地往那三個鐵箱 **游** 去，不到一分鐘，他已經攀上了那塊大石。

我將手電筒高舉着，也向前游去，水很冷，但途程很短，不一會，我也爬上了那塊大石。

然後，我們開始察看那三口鐵箱，它們都上着鎖，兩口小鐵箱的鎖是在外面的，我伸手用力一扭，便將其中一個小鐵箱的鎖連同 **鎖耳**，一起扭了下來。

　　狄加度學着我，也將另一個小鐵箱的鎖扭掉，我和他各自撐開了一個小鐵箱的蓋，一股極難聞的 腐臭 氣味沖了上來。我倆的動作幾乎是一致的：揭開了箱蓋，向內一看，雙手立時一鬆，「砰」地一聲，箱蓋又掉回下來。

我和狄加度抬頭互望，**瞪目結舌**  了足足有

半分鐘之久，我才先開口：「你那口箱子中有着什麼？」

狄加度反問道：「你的呢？」

我直接回答：「**一副人骨！**」

狄加度苦笑了起來，指着他面前的那口鐵箱説：「這

裏面也是！」

剛才我一揭開鐵箱，看到了森森的白骨，心中着實吃了一驚，所以才突然**鬆開手**，我相信狄加度的情形也是一樣。

我們互相説了幾句話後，都鎮定了下來，於是再次打開那兩個箱蓋。或許因為鉸鏈鏽蝕嚴重，經過剛才打開再掉下的衝擊力後，這次我們將它打開至**九十度**，兩個箱蓋便不約而同地鬆脱，垂直掉在大石上，而且更滑進了水裏去。

我望着鐵箱中的那具白骨，顯然這鐵箱是被當作棺材用的，因為我立時發現，在白骨之下，還有東西襯着，可能是**綢緞**之類。

那些綢緞早已腐爛了，而那具白骨看起來很奇怪，下肢只有**一條腿**。本來，缺了一條腿並沒有什麼稀

97

奇,骸骨可能是來自一個有殘缺的人,亦有可能骸骨原本是完整的,只是不知道什麼原因,遺失了整條腿的骨頭。

不過,我眼前這副骸骨卻不同,它並不是兩條腿斷了或遺失了其中一條,而是天生就只有一條腿,因為在**盆骨**之下,看不出有另外一條腿的痕迹,就只有一條腿。

我在看着,狄加度已經叫了起來:「是一個獨腳人的骸骨!」

「**獨腳人**」,他描述得太準確了。

第十八章

人魚

　　兩個小鐵箱裏的白骨是相同的，毫無疑問，那是人的骸骨，頭骨**輪廓分明**，兩排牙齒細而尖利，胸骨和脊骨都十分強健。手臂骨相當長，手指骨尤其長。

　　可是在腰以下，我看清楚後，發現**盆骨**相當小，長而單獨的腿骨，有着六七節之多，而且沒有腳骨，在最尾端處，是一塊相當扁平的骨頭，這絕對不像人的腿骨！

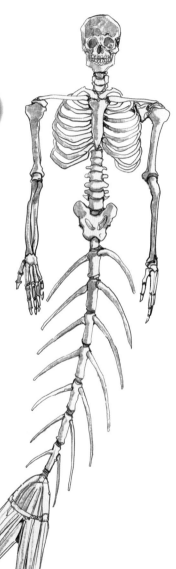

99

本來狄加度說那骸骨是一個「獨腳人」，是很有道理的。但如今仔細看清楚後，發現那根本不是人的腿骨。

我用電筒將白骨 從頭到尾 ，照了一遍又一遍，然後說：「狄加度，這不是獨腳人，你看，他沒有腳，也不是人！」

狄加度望了望鐵箱內的骸骨，又望了望我，呼吸變得急促起來，嘴唇掀動着，「如果不是人，那是什麼？」

當時我心中已有一個 想法 ，深吸了一口氣說：「那條不是腿，而是一條尾，不是獸尾，是魚尾！」

狄加度瞪大了眼睛望着我，我繼續補充道：「你懂嗎？ 上半身是人，下半身是魚 ，這是在海中生活的人魚！」

狄加度驚呆住了，口中喃喃地說：「人魚……不錯，那是人魚！」

　　人魚，就是一半是人，一半是魚的怪物。有不少航海者堅稱他們見過人魚，但是他們的話卻被**科學家**否定，科學家認為，航海者所見到的人魚，其實是一種叫作「**儒艮**」的海象。

　　然而，那種海象是臃腫醜陋的東西，和傳說中的美人魚是截然不同的兩回事。

　　不過，航海者也無法反駁科學家，因為從未有人試過抓住一條人魚，以致人魚總被認為是**無稽之談**。

　　這時，我想將手電筒放在鐵箱邊上，但一不小心，手電筒就跌了下來，差點掉進海水裏去。

　　我連忙俯身把手電筒接住，由於動作太匆忙了，身體撞到鐵箱，碰下了大量鐵鏽，而電筒的**光線**剛好照向鐵箱的一邊，使我發現那上面刻了字。

　　「快來看，這裏有字！」我激動道。

　　狄加度連忙走過來，蹲下，我們都看到了那些字，只是很多都被鐵鏽遮蓋着。

　　我們合力將鐵鏽弄去，**好不容易**終於把那幾行鑄在鐵箱上的文字辨認出來，那就是：貝當的屍體，他是我的好友，沒有人知道他的存在，而他的確是存在的，相信他是世上**碩果僅存**的兩位人魚之一，他和我們無異，雖然他一半身子是魚，願他安息！

我立時又走到另一鐵箱旁，用手抹去 **鐵鏽** ，發現也有着相同的記載，只不過名字不同，「貝當」改成了「貝絲」，可能是女性人魚。

「我們本來是找三艘船的 **秘密** ，卻不料發現了兩具人魚的骸骨！」狄加度説。

我深深地吸了一口氣，「這是極偉大的發現，而且，我認為兩者並非無關，你記得麽，你的祖先維司狄加度，現在很可能還在海底生活着！」

狄加度皺着眉，「你的意思是⋯⋯」

我嘗試婉轉地講出我的 **大膽假設** ：「現在我們至少知道，維司狄加度曾經和這兩個人魚做朋友，而且應該相處了一段 **不短的日子** 。」

「那又怎樣？」狄加度追問。

我深吸一口氣，「説不定，他在 **人魚** 那裏，學會了如何在海中生活。」

狄加度張大了口，一副難以置信的樣子，「他真有那本事？在水中生活，而且能活超過幾百年？」

這時，我的目光已轉移到那個大鐵箱上，我指了一指，説：「這裏還有一個 **大箱子** ，我們尚未打開來看，裏面或許有我們想要的答案。」

那大鐵箱十分高，我們要站在小鐵箱的邊上，才可以合力去頂大鐵箱的箱蓋，可是箱蓋 **一動也不動** 。箱子是鎖着的，而且鎖孔就在箱子上，我們無法將鎖扭下來。

我和狄加度先跳下來，各自拾起了一塊堅硬的 **石頭** ，又站了上去，在鎖孔附近用力砸着，希望鎖內的機括早已鏽壞，在猛烈的撞擊下，可以使我們打開箱蓋。

我們兩人忙了個滿頭大汗，將鎖孔周圍砸得**面目全非**，再合力去頂開箱蓋。這時箱蓋果然能動了，只是那麼大的鐵箱蓋，重若千斤，要將它頂起來，也不是容易的事。

我們出盡了九牛二虎之力，才將箱蓋頂開了一些，再用一塊大石頭撐着。然後，我們一同**踮**起腳，從打開的隙縫中向內張望，同時將**手電筒**伸進去照明。

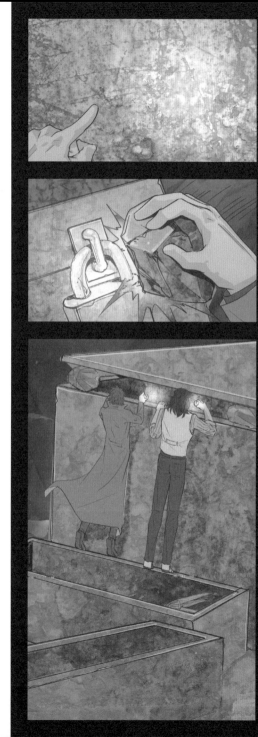

那鐵箱之大，簡直像是一個房間，在電筒光芒的照射下，我們看到很多奇怪的、生了鏽的東西，包括幾個鐵環，一張好像是**牀**，還有許多如同刀子、**鉗子**一樣的東西。

我和狄加度互望了一眼，狄加度先開口：「這是什麼？為什麼要**珍而重之**的鎖在大鐵箱中？」

我搖了搖頭，這正是我也想問的問題。

電筒照向大鐵箱的一角，那裏有一隻相當大的陶盆，陶盆中好像有一點東西，我和狄加度一起用電筒照進去，只見盤中物黑黑的一堆，看來像是什麼**動物**的內臟，令人作嘔不已。

但我依然提議：「我們得想法子爬進去看個究竟。」

狄加度還在猶豫之際，我已經一個人用力在抬箱蓋，他連忙幫着我。

終於，我們合力將箱蓋又抬高了尺許，用力向前一推，沉重的箱蓋便跌了下去，發出一聲巨響。

而在我們用力一推時，雙腿難免也同時用力一蹬，結果大箱蓋掉下之際，我們身體**失重**往前傾，以致兩個小箱子被我們雙腳蹬向後去，翻跌進水中。狄加度和我立時**不由自主**地驚呼了一聲。

那兩具人魚的骨骼，在科學上的 **價值** 是無可比擬的，它們可以證明世界上的確有人魚存在。

可是現在，這兩具骨骼已跌進水中去了！

我倆心中都有着説不出的懷喪，過了片刻，狄加度像是在安慰我，也像安慰他自己，説：「不要緊，我們可以潛水將那些遺骨一件一件地 **撈** 上來。」

我點了點頭，這時我們正抓緊大鐵箱的邊緣，用力一攀，便翻進了大鐵箱內。我先用腳撥動了一下那些生了鏽的刀和鉗子，「這些東西看起來像 **外科醫生** 用的工具一樣。」

狄加度則發現了一個小鐵箱，他將小鐵箱抱了起來，用力撞在大鐵箱的底部，「 **砰** 」地一聲，小鐵箱給撞了開來，從裏面跌出了一疊紙。

狄加度拾起這疊紙，用電筒照着，他只不過看了兩

眼，就面色大變，將這疊紙**緊緊**抓在手中，同時熄了電筒。我忙問：「上面寫着什麼？」

我連問了兩次，他才抬起頭來說：「沒什麼，全是無關重要的東西，**沒什麼！**」

他顯然在說謊，這不禁令我極其氣惱，此行是他請求我參與的，如今有了這樣重大的發現，他卻突然對我有所隱瞞，說起謊來！

我無法掩飾我的憤怒，立時大聲道：「狄加度，讓我也看看那些紙上寫的是什麼！」

狄加度**後退**了一步，以一種十分兇狠的眼神望着我，將手中抓着的那團紙放到了背後，喘着氣說：「算了，我們的探索就**到此為止**，這是我的地方，你……可以回去了！」

第十九章

拯救

狄加度竟
然說出那樣的話
來，我實在非常
憤怒，立時用手
電筒直射向他的
臉，使他睜不開
眼來，然後迅速
地衝向他。

　　可是他的行動更出乎我的意料，我才向前衝出了兩步，他就向我直撲了過來，我手中的電筒被他擊落，並隨即熄滅。

　　眼前頓時漆黑一片，狄加度在漆黑中像是瘋了一樣向我襲擊，我們在大鐵箱內打起架來。

　　要打贏狄加度，對我來說絕非什麼難事，我幾下子就將他擊退，然後俯身摸索着，等到我找回電筒並亮起時，我照到狄加度，他正想攀出大鐵箱。

我用電筒直射向他,同時大叫:「**狄加度!**」

狄加度轉過頭來,我可以清楚看到他臉上那種驚恐、急欲逃避的神情,接着,他的身子向外翻去,但隨即聽到一下撞在大石上的聲音,伴隨着他的**慘叫聲**。

我連忙大聲叫他,可是得不到他的回答,我也急忙向外攀去,看到狄加度躺在大鐵箱旁,一動也不動。

我慌忙檢查他的**脈搏**和氣息,他沒有死,可是昏迷了,我搖他、叫他、拍打他,他都沒有反應。

　　從岩洞通向上面的通道實在太狹窄了，我無法將他帶上去。而他的 **傷勢** 看起來十分嚴重，必須盡快得到治療。所以我一刻也不能耽擱，立時轉身跳進水中，游到了通道口，抓住那些鐵環，拚命向上攀出去，由於攀得太急，身上被 **岩石** 🔹 的尖角擦破了好幾處。

　　我好不容易終於攀了出去，跌跌撞撞地走出了大廳，直奔向外面的車子，匆匆開車到那個小鎮去。

這時正好是午夜時分，小鎮上的人早睡了。我記得鎮上有一間 **藥房**，藥房的主人也是鎮上唯一的醫生，我將車直駛到藥房門口，跳下車來，用力拍着藥房的門。

在寂靜的街道上，我的拍門聲和呼叫聲真可以稱得上 **驚天動地**，結果在五分鐘後，我不但叫醒了醫生，還吵醒了其他很多人。

我對那披着外套，睡眼惺忪地走出來的醫生說：「狄加度先生跌傷了，需要你的幫助，請你跟我來！」

老醫生皺眉望着我，我說：「他在那座 **古堡**，一條地道下面的一個岩洞中。我離開他的時候，他正昏迷不醒，請你立即帶着藥物和工具，跟我一起去！」

這時四周已經圍了不少人，本來 **人聲嘈雜**，可是當我講完那番話後，他們卻靜得出奇，每個人臉上都充滿了驚駭的神色，而且紛紛散去。

我知道他們對那座狄加度古堡懷有極度的恐懼，他們相信那座古堡是邪惡的，有  鬼魂 盤踞着的，他們絕不願意與狄加度古堡扯上任何關係。

不過我也不在乎他們這種態度，我只需要醫生跟我去救狄加度就夠了，可是我看到那位上了年紀的醫生，也正在轉身回去。

我連忙伸手拉住他，「醫生，你得跟我去救人！」

醫生轉過身來，望着我，好一會不出聲，我着急道：「你是醫生，是不是？有人受了傷，你應該去救他！」

可是他居然搖頭說：「年輕人，我聽說過你們兩個人的事，我給你的 建議 是：回旅店睡到天亮離去，或者，現在就立即離去。」

這時我們身邊已經沒有其他人，我怒不可遏，厲聲問：「醫生，你怕什麼？」

只見他攤着手，「不是我怕什麼，而是我們這個鎮上的人，從來 不接近狄加度古堡，已經有好幾百年了。」

「**為什麼？**」

醫生吸了一口氣，「你是外地來的，很難了解這裏的情形。這個鎮上，沒有外來的居民，我們世世代代在這裏居住，祖先全是出色的造船匠，可是他們都在一夜之間，死在當時古堡主人維司狄加度將軍的 **劊子手** 之下！」

我不由自主打了一個寒噤。

他繼續説：「當時只有一個人，受了重傷卻未立時死去，**掙扎** 回到鎮上，説出了這件事，並且告訴我們，在那座古堡中，發生過極其可怕的事情。他提醒我們，不論相隔多久，都不要走近那座古堡，而他講完之後就死了！」

醫生講到這裏，略停了一停，再説：「當時，鎮上的人在極度的哀痛下，葬了那個人，並將他的話刻在一塊 **石碑** 上，豎立在他的墓旁，而幾百年來，我們世世代代一直記着這句話！」

我苦笑着搖頭道：「然而，那是 **幾百年前** 的事了，現在那裏有人等着你去救！」

醫生翻着眼，固執地説：「對不起，尤其那個人是維司狄加度的後代，我是絕對不會去的！」

我看出他很堅決，只好 **退而求其次** ，「那麼，你至少給我急救藥品，讓我去救他，這樣可以吧？」

醫生考慮了一下，點了點頭。

十五分鐘後，我帶着藥箱 ➕ ，又駛回古堡去。

車子駛得飛快，同時，我心中正想着那位老醫生所講的話，維司狄加度竟然是一個如此 殘忍 的人，下毒手將當時替他造船的船匠全都殺死，那自然是不想他們泄露秘密。

然而，他那三艘船，究竟有什麼秘密呢？

他曾經在海底拿鐵鎚襲擊我，又在海上將我的船夾擊壓碎，他也想將我 滅口 嗎？這樣兇殘的一個人，如果還活着，真叫人不寒而慄。

路雖然不平，而且曲折，但由於沒有別的車輛，所以我可以開足馬力，全速前進。當距離山頂的古堡約莫還有三四公里路程之際，我知道山頂上一定有什麼事發生了！

我聽到大批蝙蝠在發出可怕的聲音，整群整群地撲下來，漫山遍野亂飛，有不少更撞在車子的擋風玻璃上。

接着，我聽到一連串的 **轟隆巨響**，從山頂古堡傳下來。

那轟隆聲聽起來非常驚心動魄，使我心中升起一種不祥的預感，當車子終於駛到 **山頂** 時，我看到那古堡最後的一幅牆正在搖動着，像是用沙砌成的一樣，緩慢地倒了下來，又引發一聲轟然巨響，和騰起漫天的塵埃。

我停住了車，下車一看，整個人都呆住了，本來已塌下了一大半的古堡，如今已經完全 **崩塌**，整座古堡不見了，只剩下一大蓬凝聚不散的塵埃所籠罩下的廢墟！

第二十章

在那一大片 **廢墟** 中，要搬開大堆巨石，找回那個通道入口，那簡直是不可能的事，尤其根本沒有人願意來幫忙。

事到如今，我也沒有其他辦法了，只能報警，讓警察、 **消防員** 和救護員來拯救狄加度，因為他們才有合適的工具和機器。

由於這裏算是非常偏僻的地方，相關人員來到時，已經過了半天，我向他們說明意外的情況，他們又花了好一會去消化理解，而且還對我的話 **半信半疑**。

　　但即使他們有懷疑，既然我已報警，他們必須採取行動，馬上用 機器 移走一塊塊巨石，嘗試找出我所講的通道入口。

　　可是我們低估了這項工作的難度，居然花了好幾天時間，搜救人員才將大廳附近位置的巨石移開了大半，但仍然未找到我所講的通道，而且，那通道入口也很有可能被 碎石 填滿封住，若要經通道救人，那還得花上多少時間？到時狄加度恐怕已經沒有生存的希望了。

這時候，我突然**靈機一動**，想起另一條路，或許可以通往那個岩洞，那就是經海底潛水進去！

我向搜救隊提出了這個想法，他們雖然不盡信我的話，但也不放過任何救人的機會，於是安排了性能良好的船和一切完善的**潛水設備**，派出兩名他們最好的潛水員，與我一起下水。

地面上的工作也沒有停止，地面、海底雙管齊下，一同搜救。

那兩名潛水員對這一帶的海岸十分熟悉，他們都知道在這一帶沿海的**峭壁**下，有着不少岩洞，他們也曾潛進過其中一些，但沒有到過我所描述的那個。

我們將船駛近峭壁，略為休息一下，就開始潛水。我記得那岩洞幾乎就在古堡的垂直線之下，有了這個方位作根據，要找出那個**岩洞**，應該不是什麼困難的事。

不過第一天，我們還是沒有什麼**收穫**，只在海底發現了許多木架、木塊、鐵架等，相信是這裏以前作為一個造船廠時，所留下來的東西。也就是説，當年維司狄加度就在這座峭壁之下，建造他那三艘神秘而古怪的船隻。

第二天，我們潛得更深，範圍也更廣，發現了更多的鐵製品，自然，這些鐵製品都已經**鏽壞**到令人難以辨認的程度。

第三天，其中一位潛水員首先發現了一道**窄縫**，我們用強力的水底照明燈，向那條窄縫照射，在燈光下，有兩條**巨大的海鰻**，在蠕動着身子，縮進了石縫中。我們發現這個狹窄的通道十分深，於是決定游進去看看。

我在最前面，由強光燈開道，前面全是一團團的海藻，幾乎沒有去路，但繼續**前進**，水中的岩石愈來愈高，當我冒出水面時，已經身處那個岩洞之中了。

那兩位潛水員也跟着冒上了水面，看到那大鐵箱就在一塊平整的大石上，無不**咋舌**。

我帶他們游過去，攀上那大石，發現大石上除了那個大鐵箱之外，沒有任何東西。

狄加度**不見了！**

由於狄加度昏迷被困已有十天，我早有心理準備，估計狄加度已撐不住，生還機會極為**渺茫**。可是，即使死了，屍體也會留下來，現在怎麼連屍體都不見了？

「看來你所講的同伴不在了！」其中一名潛水員對我說。

我心裏很難過，也很疑惑，「**難道他醒來了？**但他能到哪裏去呢？那條垂直通道仍被石塊封住。」

另一名潛水員說：「或許他游出去了？」

我搖着頭，「不可能，他沒有潛水設備，不可能由水中離去。」

那兩個潛水員，一個站在另一個的肩上，攀上了大鐵箱，向內看去，看了一眼之後，就轉過頭來說：「這麼大的一個鐵箱，竟完全是空的，**什麼也沒有！**」

我聽到他那樣説，不禁呆了一呆，「不是什麼也沒有，裏面有一堆莫名其妙的東西！」

他聽了我的話，又轉回頭去，提起手中的燈，向大鐵箱內 **照射**  了一下，然後對我説：「你自己來看看吧。」

我心中充滿了疑惑，於是咬住手電筒，踏上他們的肩頭，也往 **鐵箱** 裏看去。

當我看到箱內的情形時，我也登時呆住了。

大鐵箱裏的確什麼也沒有，**一點東西也沒有！**

這鐵箱中本來有着不少東

西，就算狄加度走了，也不可能帶着那麼多東西離開，況且，他為什麼要帶走那些東西呢？

「既然沒看到你所講的**傷者**，我們也該回去報告了。」潛水員說。

我也同意，在這裏再**耽擱**下去，也不會有什麼結果，因為這裏只剩下一個大鐵箱而已，其他什麼都沒有了。

我正想回應他們之際，電筒的光芒卻恰巧掃過箱內一處位置，使我留意到箱壁上刻了一行字。那些字的坑紋中沒有腐蝕的痕迹，顯然是新刻上去的，而且字迹似是狄加度所刻，用英文寫着：

「**他將我帶走了。**」

剎那間，我感到一股 **寒意** 自背脊直透了上來。「他將我帶走了」，這是什麼意思？誰把他帶走了？怎麼帶？帶到哪裏去？

大石上的兩名潛水員不斷地追問我：「你發現了什麼？」

可是我答不上來，我沒有出聲，也沒有多 **逗留** ，就從兩位潛水員的肩頭上跳了下來，說：「我們該走了！」

我們於是跳進水中，順着那條狹窄的通道游了出去，回到船上。

那兩名潛水員急着開船回去向上頭報告，而我則坐在甲板上，**閉着眼睛** ，將事情從頭至尾想了一遍，希望能歸納出一個結論來，卻不成功。

直至若干時日後，在一個聚會中，我遇上了一位著名的海洋生物學家，於是向他問起 **人魚** 的事。

那位海洋生物學家望着我，笑了起來，「人魚？閣下一定是幻想小說看得太多了。」

我笑道：「我不是看得太多，而是我根本就是寫**幻想小說**的人。」

他馬上猜到我的身分，「閣下一定是**衛先生**了，失敬失敬。在故事世界裏，人魚當然可以存在。但在科學觀點上，我們必須看證據，例如要找到這種生物的標本或者骨骼的**化石**，絕不能憑空想像。」

聽他這樣説，我不禁長嘆了一聲。

海洋生物學家奇怪地望着我，「怎麼啦？」

我沒有説什麼，只是要了一張紙，將我當日所見到那兩具人魚骸骨的模樣畫出來，拿到海洋生物學家的面前，「**隨便你信還是不信**，我見過兩具這樣的骸骨，在你看來，他們是什麼？」

那位 海洋生物學家 接過了我的畫，皺着眉，神情十分嚴肅，看了好一會才説：「這些骸骨在什麼地方？」

我苦笑道：「我確實見過它們，但不小心弄跌到海裏去。我後來回去尋找過，卻一點也找不到。」

這時候，旁邊有另外幾個人聽到我們的談話，其中一個笑道：「哈，這就像有些人自稱見過 外星人 一樣。」

我面露不悦的神色，使他們不敢再插口講話。

那位海洋生物學家看了我畫的骸骨好一會，才緩緩地説：「如果你見到的骸骨真是這樣的話，那麼，這確實像人魚，但 科學 上從未有過這樣的發現。」

我苦笑了一下，「如果我説，有一個人，完全是人，

並非一半是人，一半是魚，而他卻一樣可以在海中生活，**你會相信嗎？**」

海洋生物學家大笑起來，「當然不信。」

「為什麼？或許這個人從人魚身上學會了在海中生活呢？」我說。

他笑得更厲害了，「人維持生命需要**氧氣**，我們是從空氣中直接吸入氧氣的，而魚在水中生活，是呼吸水中的氧，兩者的**呼吸系統**和器官完全不同，怎麼能學得會？除非——」

我立時緊張起來，「除非怎樣？」

「除非將人魚的呼吸系統——假定世上真有人魚的話，**移植**到這個人的體內，而這個人又不排斥那些器官，那麼，他還有一絲機會能在水中生活。」

聽了他這句話，我登時有一種 **如夢初醒** 的感覺，好像能把整件事理順了。我一個人獨自坐在一組沙發上，沉思了好一會，組織出以下的猜想：

（一）維司狄加度當年遇到了兩條人魚。

（二）維司狄加度造了三艘船，這三艘船的構造極其特殊，使船可以在水中隨意浮沉，如同 **潛艇** 。

（三）兩條人魚死後，維司狄加度將人魚的呼吸器官移植到自己身上——那大鐵箱中的許多刀子，看來就十足是外科手術的工具。

（四）維司狄加度現在還活着，誰知道是什麼原因，或許是人在海中生活，比在空氣中活得更 **長壽** 。

（五）維司狄加度和他的船偶爾還會出現，那就是摩亞和我先後遇到過的「鬼船」。至於他如何能同時控制三艘鬼船，另外兩艘船上是否還有其他像他那樣的人，甚至

人魚，則不得而知。或許小狄加度在箱子裏找到的那疊紙上，能找到答案，可惜他已連人帶紙**消失**了，我真後悔當日急於找醫生救他，而忘了去看看那疊紙上寫了什麼。

（六）小狄加度給誰帶走了？最合理的猜想當然是維司狄加度，只有他具備這個能力和動機，帶走他的後代。可是，小狄加度能在海中生活麼？還是維司狄加度又找到了新的人魚，**重施故技？**甚至也有可能，當年兩條人魚的呼吸系統，他自己移植了一副後，另一副卻有辦法保留到現在，才移植到小狄加度身上去？

當然，這一切都只是我的猜測，除非能找到他們其中一人，否則永遠不知道**真正的答案**。但我實在不打算再追尋下去了。（完）

案件調查輔助檔案

踉蹌

我**踉蹌**後退之際，又看到一左一右，另外兩艘同樣的船在駛過來，船首有着一樣的船徽——摩亞船長給我看過，屬於狄加度家族的徽飾！

意思：斜斜歪歪地走路，步伐不穩。

窺視

他仍然是那樣子，我真不忍心再去看他了，只在門上的小窗中**窺視**他，因為他見到了任何人，甚至見到我，都一樣恐懼。

意思：指暗中觀察，偷看。

坐以待斃

但我不能**坐以待斃**，所以我想到，是不是該去那地方看看？

意思：坐着等死。形容面臨危難的時候，不積極想辦法找出路。

懦夫

摩亞先生又嚴厲地申斥我，還有我的哥哥，哥哥罵他是**懦夫**，他回罵哥哥是只知衝動的匹夫，摩亞先生在我的的印象中是一個彬彬有禮的紳士，想不到他也會變得如此激動。

意思：軟弱無能的人。

淚如泉湧

白素只是哭着，**淚如泉湧**。

意思：眼淚像泉水般的冒出來，形容非常傷心。

千叮萬囑

摩亞先生在我完全清醒後的第二天才走，他走的時候，緊握住我的手，十分激動，我也很感謝他對我的關懷，他臨走時**千叮萬囑**：「請聽我的話，讓一切過去，千萬別再去冒險，那對你們完全沒有好處！」

意思：反覆叮嚀囑咐。表示對交代的事情極重視。

大張旗鼓

我了解白奇偉這個人，一旦決定要做某件事，必定**大張旗鼓**，弄得愈大愈好。

意思：古代作戰時，士兵大規模地搖旗擂鼓。現用於形容規模、聲勢浩大。

浩浩蕩蕩

這支探險隊在出發時**浩浩蕩蕩**，十分壯觀，我和白素自然隨行。

意思：形容氣勢雄壯、規模很大。

不了了之

如果不是那天晚上，我參加了那個宴會的話，那麼，這些經歷就可能和世界上其他許多古怪而不可思議的事情一樣**不了了之**。

意思：指把未做完的事情放在一旁不管，就算完事。

烜赫一時

我的好奇心馬上又燃燒了起來，在研究狄加度家族的歷史時，我心中一直有個疑問，這個曾在西班牙航海史上**烜赫一時**的航海世家，為何會突然在歷史上被抹殺，只有極小量的歷史書籍提到過一兩次，而且全都含糊其詞，沒有說清楚狄加度家族衰敗的前因後果。

意思：指在一個時期內名聲或勢力很強盛。

侍候

狄加度吸了一口氣，說：「有一個時期，他獨自一個人住在那古堡中，不許任何人接近，也不要任何人**侍候**。我猜想，他在那時候，一定是在古堡裏從事什麼秘密工作，雖然後來的人說他密謀叛變，但我相信不是！」

意思：指服侍、照顧。

狂妄

我忽然心頭一震，說：「他或許不是**狂妄**，如果他真的能在水中生活，並且活到現在，那麼，我也不得不承認他是最偉大的人！」

意思：指極端自高自大，十分囂張。

應有盡有

船身斷開後，我才發現那些船的模型製作得非常精緻，連船艙內的間隔和擺設都**應有盡有**。

意思：該有的全都有，形容很齊全。

半死不活

聽到他那麼說，我不禁又好氣又好笑，「今天早上我看到你時，你已**半死不活**，我不想明天早上要從這裏拖出一條死屍來！」

意思：沒有生氣、快要死的樣子。

不絕於耳

天花板下塌，自然又影響到二樓的一些房間，乒乒乓乓之聲**不絕於耳**，不斷有東西崩塌下來。

意思：聲音持續在耳邊鳴響。

餘暉

雖然剛才的崩塌像經歷世界末日一樣，但現在靜了下來，情形卻還不壞，因為大部分蝙蝠都飛走了，斜陽的**餘暉**在斷牆中射進來，反而將黑暗驅除。

意思：夕陽的餘光。

骸骨

我在看着，狄加度已經叫了起來：「是一個獨腳人的**骸骨**！」

意思： 已死的動物或人類的屍體骨頭。

無稽之談

不過，航海者也無法反駁科學家，因為從未有人試過抓住一條人魚，以致人魚總被認為是**無稽之談**。

意思： 沒有根據，無從考查的話。

衛斯理系列 少年版 31

沉船 下

作　　　　者：衛斯理（倪匡）

文 字 整 理：耿啟文

繪　　　　畫：鄺志德

助理出版經理：林沛暘

責 任 編 輯：梁韻廷

封面及美術設計：黃信宇

出　　　　版：明窗出版社

發　　　　行：明報出版社有限公司

　　　　　　　香港柴灣嘉業街 18 號

　　　　　　　明報工業中心 A 座 15 樓

電　　　　話：2595 3215

傳　　　　真：2898 2646

網　　　　址：http://books.mingpao.com/

電 子 郵 箱：mpp@mingpao.com

版　　　　次：二〇二三年九月初版

I S B N：978-988-8828-90-6

承　　　　印：美雅印刷製本有限公司